Susanne E. Stengel

Freie Platzwahl

Geschichten durch die Woche

Susanne E. Stengel

Freie Platzwahl

Geschichten durch die Woche

Verlag SE Stengel

1. Auflage Oktober 2015

Covergestaltung: Susanne Stengel
mit Elementen von
Donna Con Trolley © gmmurrali – Fotolia.com

ISBN 978-3-9817547-3-5
Herausgeber: Verlag SE Stengel | Hauptstr. 23 | 73479 Ellwangen
Druck: Wir machen Druck GmbH | Backnang

www.susanne-e-stengel.de

Vorwort

Vielleicht haben Sie, liebe Leserin, lieber Leser schon das eine oder andere Mal gespürt, dass jeder Wochentag eine besondere Qualität oder Bedeutung in sich birgt.
So jedenfalls erging es mir. Da gab es Tage, da gelangen Vorhaben – egal welcher Art – besonders gut, an anderen Tagen dagegen musste ich mich abmühen.
Deshalb suchte ich nach der Herkunft der Wochentagsnamen und entdeckte, dass diese ursprünglich nach Planeten benannt worden waren. In der Antike wurden die Planeten als Götter angesehen und standen zugleich für bestimmte Eigenheiten oder Prinzipien.
Das brachte mich auf die Idee, die Eigenheit der Tage oder besser gesagt deren Qualität in kleine Geschichten zu kleiden.
Freuen Sie sich auf ein Kaleidoskop aus Geschichten. Lassen Sie sich durch die Woche führen, mal heiter mal besinnlich, genauso wie die Vielfalt der Tage.
Beginnen werde ich mit dem Sonntag, da dieser aufgrund urchristlicher Überlieferung als der erste Tag der Woche gilt.

Viel Spaß wünscht Ihnen
Susanne E. Stengel

Sonntag,
der Tag der Sonne

Freie Platzwahl

Das nächste Mal reserviere ich mir einen Sitzplatz. Das schwöre ich. Wie konnte ich nur darauf vertrauen, einen freien Platz zu ergattern? Natürlich am Fenster. Im Ruhebereich. Weitestgehend abgeschottet von den engen Sitzreihen, die mich eher an das Innere eines Fliegers erinnern, denn an einen Zug. Am liebsten mit Tisch zum Zeitunglesen, auch wenn ich selbige nie im Zug lese.

Ich schüttle über mich selbst den Kopf und vergegenwärtige mir, dass ich kein Erste-Klasse-Ticket gebucht habe, sondern ein Sparticket zweiter Klasse ohne Sitzplatzreservierung. Letzteres zwängt mich im Moment vorbei an all den Passagieren, die auf der Fahrt von Hannover nach Nürnberg einen Sitzplatz ihr eigen nennen können.

Falls es bei Zügen so etwas wie Überbuchung gibt, ist das hier der klassische Fall. Selbst in den Koffernischen reicht der Platz kaum aus. Pralle Koffer ragen derart übereinandergestapelt in den eh schon engen Durchgang, dass ich nicht wissen möchte, was in der ersten Kurve mit ihnen passiert. Das gleiche Bild zeigt sich mir an den Einstiegsbereichen: Koffer und deren genervte Besitzer.

Der nächste Wagen. Wie viele hat eigentlich so ein ICE? Meinem Gefühl nach – Hunderte. Ich fuchtle mit der Hand vor der Glastür hin und her, bis der Bewegungskontakt endlich reagiert und die Tür sich träge öffnet. Wahrscheinlich hat diese es längst satt, den Pulk an Menschen durchzuschleusen.

Vorbei an hämisch grinsenden Mündern und prallen Leibern kämpfe ich mich Sitzreihe für Sitzreihe vorwärts. Meine Hand klammert sich fester um den Griff meines knallroten Minikoffers, den ich wie einen Bollerwagen hinter mir herziehe. Ich wage nicht mehr zu hoffen, einen freien Platz zu ergattern. Innerlich stelle ich mich bereits darauf ein, mindestens bis Kassel im zugigen Einstiegsbereich stehen zu müssen.

Vor den Toilettentüren warten Menschenschlangen mit zusammengepressten Beinen auf Einlass. Ich dränge mich vorbei. Verdammter Mist. Jetzt steht auch noch so ein blöder Einkaufstrolley im Durchgang, an dessen Rädern sich mein Koffer verheddert. Mit einem strafenden Blick schaue ich durch die Scheiben in das voll besetzte Ruheabteil. Keiner der Mitfahrer würdigt mich eines Blickes, bis auf eine ältere Dame, deren Augen mich sogleich zur potentiellen Diebin abstempeln. Ich lasse die Oma mit meinem Gesichtsausdruck spüren, was ich von ihr und ihrem blöden Shopper halte. Schließlich ist es eine Zumutung, dieses Ding hier abzustellen. Das ist gemeingefährlich.

Ich bin derart in Rage, dass ich beim nachfolgenden Abteil beinahe den freien Platz übersehen hätte und daher für meinen Hintermann etwas zu abrupt stehen bleibe. Er rempelt mich an und schimpft. Ich fauche zurück, während meine Augen hektisch die Reservierungsschilder überfliegen: frei. Zwar nicht am Fenster, sondern an der Tür. Aber zum jetzigen Zeitpunkt spielt das keine Rolle mehr. Ich schiebe die Tür auf, frage zum Schein nach, ob der Platz frei sei. Alle nicken – was zu erwarten war – denn natürlich lässt mein Blick keine andere Antwort zu. Erleichtert plumpse ich in den Sitz, um gleich darauf aufzuspringen und den jungen Mann neben mir zu bitten, meinen Koffer auf die Ablage zu hieven. Die Kofferablagen sind nämlich für Frauen meiner Körpergröße so unerreichbar wie der Mount Everest. Na ja, ich werde hoffentlich in Nürnberg einen netten Mitfahrer finden, der mein Gepäck wieder herunterholt. Ob ich die Jacke ausziehen soll? Ich zögere. Die Lüftung in den Abteilen funktioniert meistens besser als mir lieb ist. Ich entscheide mich, die Jacke anzubehalten, setze mich und trinke erst mal einen kräftigen Schluck aus meiner Wasserflasche. Dann checke ich mein Handy. Aber eigentlich ist das nur ein Vorwand, um meine Mitfahrer unauffällig zu beobachten.

Mein Gegenüber, Typ Businessmann liest Zeitung und weiß kaum wohin mit seinen langen Beinen, obwohl der Platz mehr als reichlich ist. Ich drücke mich in die Polster, ziehe meine Beine eng an die Sitzfläche, weil ich keine Lust habe, mit ihm zu kollidieren. Der junge Mann neben mir reist offensichtlich mit seiner Freundin. Sie haben den Laptop ausgepackt und auf das kleine Tischchen gestellt. Angestrengt starren sie hinein. Aha: Sie suchen eine Wohnung. Na bei der Rundung ihres Bauchs wird das auch allerhöchste Zeit.

Der Frau gegenüber sitzt ein älterer Herr. Auch er beobachtet die Mitfahrer. Als er bemerkt, dass ich sein Verhalten registriere, schaut er schnell aus dem Fenster. Ja und dann ist da noch dieser Mann, dessen Handy trotz Ruhebereich alle paar Minuten schellt und er aus dem Abteil in den Gang eilt, weshalb mein Gegenüber ständig seine Storchenbeine einziehen muss.

Vielleicht sollte ich ein wenig schlafen. Der Lehrgang war anstrengend und bis Nürnberg sind es noch ein paar Stunden Fahrt. Gerade als ich die Augen schließe, öffnet sich die Schiebetür und eine männliche Stimme fragt: »Noch jemand zugestiegen? Die Fahrscheine bitte.«

Ich krame in meiner Handtasche nach dem Fahrschein und der Bahncard und reiche sie dem Schaffner. Er kontrolliert, entwertet und reicht mir beides mit einem freundlichen Nicken zurück. Typ

Schwiegersohn. Selbst als der Dauertelefonierer das Handy zwischen Ohr und Schultern klemmt und umständlich nach dem Ticket fingert, bleibt er charmant.

Gerade will ich wieder die Augen schließen, da sehe ich den Schaffner beim nächsten Abteil länger als gewöhnlich die Fahrkarte prüfen. Meine Aufmerksamkeit ist geweckt. Ein Falschfahrer im ICE? Unvorstellbar. Leider kann ich die Worte des Schaffners nicht verstehen, denn natürlich hat er die Schiebetür korrekt geschlossen. Ich sehe auch nicht den Täter. Schade. Endlich einmal wäre hier etwas geboten. Was soll's. Hauptsache der Zug bringt mich nach Nürnberg, ich habe einen Sitzplatz und die Klimaanlage bläst nicht zu kalt. Alles andere ist mir egal. Dennoch breitet sich eine gewisse Neugierde, gepaart mit einem leichten Anflug von Schadenfreude in meinem eben noch müde gewesenen Körper aus. Also schaue ich wie gebannt auf den Schaffner.

Ohne Umschweife macht er jetzt kehrt und läuft mit dem besagten Fahrschein davon. Keine zwei Minuten später kommt er zurück, redet in Richtung des Fahrkartenprellers, um kurz darauf sein Handy zu zücken und mit weit ausholenden Gesten zu telefonieren, vermutlich mit seinem Vorgesetzten. Jetzt wird's spannend. Vielleicht folgt gleich eine wilde Verfolgungsjagd à la James Bond.

Doch nichts dergleichen passiert. Stattdessen kommt die ältere Dame vorbei, über deren Einkaufstrolley ich gestolpert war. Sie schiebt sich, gefolgt vom Schaffner, an dem immer noch telefonierenden Mitfahrer vorbei. Ich bin enttäuscht. Die Oma soll eine Schwarzfahrerin sein? Abgesehen davon, dass sie mich offenbar für eine Diebin hielt, macht sie einen ganz normalen Eindruck. Zumindest nicht wie jemand, der kein Geld besitzt. Im Gegenteil. Sie ist weder schmuddelig noch billig gekleidet, sondern so wie Frauen Ende siebzig nun mal gekleidet sind. Braune Hose, gelbe Strickweste. Die strähnigen Reste einer Dauerwelle wehen um ihr Haupt, ähnlich dem Haar meiner Mutter.

»… Bahnbediensteter holt sie am nächsten Bahnhof ab …«, sind die einzigen Wortfetzen, die ich erhasche, während der Schaffner auf die Frau einredet. Ihr Schmollmund zeigt deutlich ihren Unmut über sein Gebaren. Dann entschwinden die beiden aus meinem Blickfeld.

Wenn ich es recht bedenke, wirkte die Oma nicht nur empört, sondern auch leicht verwirrt. Womöglich hat sie eine falsche Fahrkarte gelöst? Zwar habe ich bereits davon gehört, dass man dann den Zug verlassen muss … dennoch. Die alte Dame hat das bestimmt nicht mit Absicht gemacht. Eher schien sie überfordert. Wenn das meiner Mutter passieren würde. Ich stelle mir vor, wie Mutter erst hilflos am Fahrkartenautomaten steht, dann ängstlich im Zug sitzt und alle Mitfahrer damit nervt, ob sie auch im richtigen Zug sei. Meine eben noch dagewesene Schadenfreude weicht einem Gefühl, das mich mehr an verdorbenes Essen erinnert, denn an ein Wohlgefühl.

Die Lautsprecherstimme kündigt den nächsten Halt an. Kassel. Zur gleichen Zeit wird mir klar, was ich zu tun habe. Ich bitte den jungen Mann, mir meinen Koffer von der Ablage herunterzuholen. Wie zur Bestätigung blinzelt er mir zu. Wahrscheinlich bin ich verrückt, so etwas zu tun – das signalisiert mir mein Verstand. Egal. Ich verlasse meinen mühevoll errungenen Sitzplatz, schnappe mir den Einkaufstrolley der alten Dame, der nach wie vor im Durchgang steht, und steige in Kassel aus.

Mit den Augen suche ich den Bahnsteig ab. Nichts! Ich dränge mich durch die Menschenmassen hindurch, bleibe mit den Rollen meiner Gepäckstücke mehrmals an diversen Schuhen hängen und bekomme innerlich Panik, dass vielleicht alles umsonst war. Ja, dass ich draußen stehe und die Oma drinnen im Zug sitzt und mich endgültig als Diebin deklariert. Endlich erspähe ich die Dame umringt von mehreren Bahnbediensteten, die auf sie einreden, als hätte sie sonst was getan. Mit verkniffenem Gesicht steht sie da, redet kein Wort.

»Ich … ich bin dafür verantwortlich. Ich habe der Frau die falsche Fahrkarte gelöst«, keuche ich ihnen entgegen.

»Hier.« Ich ziehe meinen Geldbeutel aus der Handtasche. »Ich zahle die Strafe. Lassen Sie bitte die Frau weiterfahren.«

Die Bahnmitarbeiter sehen mich verdutzt an. Ebenso die Oma. Natürlich versteht sie genauso wenig wie diese Uniformierten, was hier geschieht. Der Schwiegersohn-Schaffner räuspert sich: »Ähm … ich muss einsteigen. Übernehmen Sie bitte.«

Und ehe irgendjemand etwas erwidern kann, ist er weg. Seine Kollegen werfen sich stumme Blicke zu. Endlich sagt einer: »Ihre Personalien bitte.«

Ich reiche ihm meinen Personalausweis. Nur kurz betrachtet er das Dokument, dann gibt er es mir zurück.

»Gut. Sie beide können weiterfahren. Aber das nächste Mal passen Sie besser auf, wenn Sie anderen helfen.«

Ich nicke, setze ein schuldbewusstes Gesicht auf, was ihnen offensichtlich genügt, denn sie drehen sich ohne weitere Worte um und sind sogleich im Getümmel des Bahnsteigs verschwunden. Erleichtert händige ich der Dame ihren Trolley aus. Jetzt lächelt sie mich tatsächlich an.

»So, dann lösen wir beide jetzt mal eine Fahrkarte«, sage ich. »Wohin soll die Reise denn gehen?«

»Nürnberg. Meine Tochter besuchen.«

Montag,
der Tag des Mondes

Spiegelbild des Herzens

Anna hielt vor der Wohnungstür inne. Sie atmete tief durch, bevor sie die Tür aufschloss und die Wohnung betrat. Nach der Hektik des Arbeitstages sehnte sie sich jetzt nach Ruhe. Während sie ihre Jacke an die Garderobe hängte, kam ihre Mutter aus dem Wohnzimmer. Ihr vorwurfsvoller Blick traf Anna.

»Wo bist du wieder so lange gewesen? Das Essen ist schon längst fertig!«

»Die Grippewelle, Mutter. Die Praxis war voll«, antwortete Anna und senkte betreten die Augenlider.

»Keiner will mehr arbeiten. Früher gab es das nicht. Wegen Schnupfen zum Arzt gehen.« Sie schüttelte den Kopf. »Nun setz dich endlich an den Tisch und iss, damit ich mit der Küchenarbeit fertig werde. Ich will wegen dir nicht den Film verpassen.«

Anna nahm schweigend ihr Essen ein und blätterte nebenbei in der Tageszeitung.

»Jetzt trödel nicht so. Du kannst später noch lesen.« Ihre Mutter trat an den Tisch, nahm ihr die Zeitung weg und sagte: »Stell dir vor, der Sohn von der Müller zieht in eine andere Stadt. Was hat sie nicht alles für den Jungen getan und nun lässt er sie allein. Ja, so sind die jungen Leute. Undankbar. Genau wie du. Erst lässt du mich den halben Tag in der Küche stehen und kochen. Dann kommst du nicht rechtzeitig zum Essen heim.«

Anna stöhnte und legte das Besteck auf den Teller.

»Nur damit du es gleich weißt ...«, fuhr ihre Mutter fort, legte die Zeitung zurück auf den Tisch und räumte den Teller ab. »Morgen geh ich einkaufen. Um siebzehn Uhr holst du mich am Bahnhof ab. Ich kann schließlich nicht alleine die schweren Taschen nach Hause schleppen. Und Anna ... ich hoffe, du bist diesmal pünktlich.« Ohne eine Antwort abzuwarten, verschwand sie in der Küche.

»Ja, ja, Mutter«, murmelte Anna und blätterte lustlos in der Zeitung. Bis eine Annonce ihre Aufmerksamkeit erweckte:

Brauchst Du Auszeit vom Alltag? Suchst Du innere Kraft und Harmonie?
Yoga eröffnet Dir neue Wege. Kursbeginn: Freitag 20 Uhr.

Annas Herz schlug bis zum Hals.

»Mutter, die eröffnen eine Yogaschule«, rief sie in Richtung Küche.

»Na und? Das ist nichts für dich. Hilf mir lieber bei der Hausarbeit. Yoga machen nur Reiche oder solche, die nicht arbeiten wollen.«

Gebannt las Anna wieder und wieder die Zeilen. Dabei stand ihr Entschluss längst fest: Auch wenn ihre Mutter dagegen war, sie würde an dem Kurs teilnehmen.

~~~

Die Zeit bis Freitagabend erschien Anna schier endlos. Sie konnte es kaum erwarten, bis sie endlich auf der Matte im Übungsraum hockte. Meike, die Yogalehrerin, saß im Lotussitz vor den Teilnehmern und schaute in die Runde. Ihre Energie zog Anna an wie ein
~~~

Magnet. Noch nie war sie einem Menschen begegnet, der so unerschütterlich und zufrieden in sich selbst ruhte.

Zu Beginn der Stunde machte Meike die Gruppe mit der Atemtechnik vertraut. Anna konzentrierte sich auf das Einatmen und das Ausatmen und hatte Mühe, diesem Rhythmus zu folgen. Weiter ging es mit den ersten Yogahaltungen.

»Oh ist das schwer. Wie soll ich das jemals schaffen?«, stöhnte Anna.

Runter auf die Matte und wieder hoch. Anna standen die ersten Schweißperlen auf der Stirn. Doch es gab kein Entrinnen. Meike trieb die Gruppe immer wieder sanft an, weiterzumachen. So ging das eine Stunde lang.

»Und jetzt entspannen wir in der Schlussmeditation.«

Anna plumpste auf die Matte. Sie war total erschöpft und dennoch verspürte sie ein wohliges Gefühl in ihrem Körper, leicht und befreit, fast als schwebe sie über der Matte. Jeglicher Ballast des Tages fiel von ihr ab.

Zu Hause angekommen schloss sie beschwingt die Wohnungstür auf und pfiff ein Lied. Aus dem Wohnzimmer drang leises Stöhnen. Anna erschrak und eilte hinein. Ihre Mutter lag auf dem Sofa und jammerte:

»Endlich kommst du heim. Ich bin fast gestorben. Mein Blutdruck ist wieder so hoch. Beinahe hätte ich es nicht mehr geschafft, mir eine Tablette zu holen. Aber das interessiert dich ja nicht, du amüsierst dich lieber.«

»Es tut mir leid.« Annas eben noch verspürter Überschwang verebbte. Unbehagen breitete sich aus. Sie blieb bei der Mutter sitzen, bis es ihr besser ging und sie eingeschlafen war.

Trotz, dass ihre Mutter nach wie vor meckerte, besuchte Anna regelmäßig die Yogastunde. Ein innerer Zwang trieb sie an, diese Euphorie jedes Mal von Neuem zu erleben. Dieser stetige Wechsel von Atmung und Haltung, die absolute Konzentration auf den Augenblick, faszinierte Anna mehr als alles andere. Dabei vergaß sie den Alltag, ja sogar das Denken und ließ sich eigens von den Haltungen treiben.

~~~

Ein paar Wochen später kam Anna einmal mehr müde und abgeschlagen von der Arbeit heim. »War das ein Stress heute. Jetzt brauche ich dringend Erholung.« Sie schloss die Wohnungstür auf, ging aber nicht wie sonst in die Küche, sondern gleich in ihr Zimmer, um die Sportkleidung anzuziehen. Wie gut, dass Meike neuerdings auch mittwochs einen Kurs anbot.

»Anna, wo bleibst du denn? Das Essen ist fertig!«, rief die Mutter aus der Küche.

»Ich esse später«, antwortete Anna kaum hörbar.

»Was hast du gesagt?« Ihre Mutter stand plötzlich im Türrahmen.

»Ich esse später … Ich gehe ins Yoga. Da kann ich vorher nichts essen, das liegt mir nur im Magen«, erwiderte Anna zaghaft.

Ihre Mutter schnappte nach Luft. »Bist du jetzt vollkommen verrückt? Hast du nichts Besseres zu tun?«

»Es tut mir gut und hält mich gesund«, versuchte Anna sich zu verteidigen.

»Dass ich nicht lache. Ich habe nie Sport gemacht und bin auch alt geworden. Ich hätte es mir gar nicht leisten können. Nach dem Tod deines Vaters musste ich den ganzen Tag arbeiten, um dich durchzukriegen. Und was machst du? Du vergnügst dich und wirfst das Geld zum Fenster raus.«
~~~

»Es ist mein Geld, Mutter«, wehrte sich Anna.

»Ja, und das solltest du besser sparen. Welcher Mann will schon eine Lebefrau. Es wundert mich nicht, dass Daniel abgehauen ist.«

»Mutter. Hör auf.«

»Aber wenn man solche Flausen im Kopf hat, da läuft ein jeder Mann davon.«

»Mutter, es reicht. Ich muss gehen.«

Anna wollte sich an ihr vorbeizwängen.

»Nein, du bleibst hier!«

Die Mutter riss Anna die Yogamatte aus der Hand, umschlang diese mit beiden Armen und hielt sie verbissen vor der Brust fest.

»So kannst du mich nicht halten!«, kreischte Anna. Sie drängte sich an ihrer Mutter vorbei und rannte aus der Wohnung.

Das Training hatte bereits begonnen. Anna keuchte in den Raum hinein und legte gleich los. Meike sagte die nächsten Übungen an, aber Anna konnte sich nicht konzentrieren. Ständig tauchte im Geiste das Bild der wetternden Mutter auf.

»… und nun hinabschauender Hund, fünf Atemzüge …«

›Nein, ich halte das nicht länger aus.‹

»… und jetzt Kriegerstellung eins, fünf Atemzüge …«

›Wie ich sie hasse. Aber ich gebe das Yoga nicht auf. Lieber sterbe ich.‹

Anna ging mit schonungsloser Härte in jede Haltung bis an die Schmerzgrenze. Trotzdem kreisten die Gedanken weiter. Erst als Meike am Ende ein Mantra sang, beruhigte sich Anna und schlief erschöpft ein. Wie lange sie geschlafen hatte, konnte sie nicht einschätzen. Jedenfalls als sie aufwachte, saß Meike neben ihr. Die anderen Teilnehmer waren längst gegangen.

»Anna was ist los? Du übst heute so verbissen. Hast du Probleme?«, erkundigte sich Meike besorgt.

Anna zitterte. Ihre Augen füllten sich mit Tränen. Und dann brach es aus ihr heraus. Meike wartete geduldig, bis sie sich alles von der Seele geredet hatte.

»Weißt du Anna, ob wir glücklich oder traurig sind, hängt von uns selbst ab. Im Grunde genommen kämpfst du nicht gegen deine Mutter, sondern gegen dich selbst. Deine Mutter ist nur ein Spiegel deiner Seele. Du allein kannst entscheiden, wie dieses Spiegelbild aussehen soll.«

Anna horchte auf, sah die Yogalehrerin fragend an.

»Alle Erfahrungen, die wir machen, bringen uns ein Stück näher zu unserem Ziel. Während wir damit beschäftigt sind, unser Leben zu meistern, vergessen wir, was wir wirklich wollen. Aber wir können Pausen einlegen und unserer inneren Stimme lauschen. Wenn dich also etwas belastet, dann mache eine Yogaübung und kehre zum gleichmäßigen Atem zurück. Lass dich beim Yoga völlig auf dich selbst ein. Nur so wirst du innerlich freier und dein Körper lässt mit der Zeit die Bürden los.«

»Das hört sich seltsam an.«

»Ja, ich weiß. Das dachte ich anfangs auch. Konzentriere dich einfach auf deinen inneren Spiegel. Höre auf dein Gefühl. Es wird dir den Weg weisen. Und nun geh heim und schlaf dich erst mal aus.«

Anna schleppte sich heimwärts und schlich sich in ihr Zimmer. Todmüde lag sie im Bett und konnte dennoch nicht einschlafen. Die Worte von Meike, sie hörten sich so merkwürdig an. Was meinte sie nur damit? Anna fröstelte und zog die Bettdecke höher. Gerne wollte sie Meikes Rat annehmen. Sie wusste nur noch nicht wie.

~~~

Schließlich, nach langem inneren Kampf und vielen Yogastunden erkannte sie, welchen Weg sie einschlagen musste. Sie begann mit
~~~

einer Ausbildung zur Yoga-Lehrerin. Gleichzeitig mietete sie eine Wohnung und zog entgegen dem Willen ihrer Mutter aus. Immer mehr gelang es Anna, ihr inneres Gleichgewicht, die Harmonie weiter zu festigen. Das Meckern der Mutter, die ewigen Schuldgefühle ihr gegenüber, sie waren zwar noch da, aber die Belastung, die damit verbunden war, verblasste mit der Zeit. Das Yoga gab ihr die Kraft dazu.

Dienstag,
der Tag des Mars

Feierabend

Mein Handy piepst. Mist, der Arzttermin. Wie gut, dass ich neuerdings die Termine im Handy eintrage. Schnell den Laptop herunterfahren und ab in den Feierabend. Jetzt kann ich sowieso nicht mehr die Welt retten.

~~~

Auch das noch, Stau! Und das zwei Kilometer vor der Ausfahrt. Ich schau in den Rückspiegel. Auf der rechten Spur ist eine Lücke. Das reicht. Selber schuld, wenn die anderen im Stau warten. Ich mach ’ne Fliege auf die Standspur. Blinker setzen und nichts wie rüber. Ja, reg dich ab Mann! Ist doch nichts passiert!

Das ist nicht auszuhalten. Kaum, dass ich dreihundert Meter gefahren bin, stockt es wieder. Steht da einer mit der Schnauze auf dem Standstreifen und mit dem Hintern auf der Fahrspur. Wie blöde kann man sich hinstellen? Ich hupe. Mann, fahr mit deiner Schrottkiste endlich los! Stehen kannst du woanders! Ich glaub’s nicht, der reagiert nicht! Von mir aus kannst du so lange warten, wie du willst, ich fahr jetzt. Ein bisschen mit den Rädern aufs Bankett und schon bin ich vorbei. War doch ganz easy. Ich weiß gar nicht, warum der sich so aufregt. Wahrscheinlich ist noch nicht mal ein Kratzer in seiner Schrottkiste drin. Jetzt aber nichts wie vorwärts,
~~~

sonst pikst der Liebknecht die Akupunkturnadeln in die Liege anstatt in meine Haut. Haha. Wenn ich mir das vorstelle, eine Liege voll mit Nadeln. Haha.

~~~

Geschafft. Gerade noch rechtzeitig. Ah, und da vorne wird sogar ein Parkplatz frei. Wie bestellt für mich. Das nenn ich Glück. Direkt vor der Eingangstür. Besser geht's nicht. Ich springe aus dem Auto und die Treppen hoch. Fahrstuhl dauert mir zu lange.

Das hätte ich nie gedacht. Die Therapie schlägt wirklich an. Meine Rückenschmerzen sind wie weggezaubert. Noch zwei Behandlungen, dann bin ich fertig. Vielleicht lasse ich mir ein neues Rezept geben. Kann ja nicht schaden.

»Hallo Frau Seitz, na, wie geht's?« Sie sitzt da wie der Chef persönlich. Da kann ich schöne Augen machen, wie ich will, sie scheint dafür blind zu sein. »Nun schauen Sie nicht so böse. Ich weiß, ich bin etwas spät. Es war mal wieder Stau.«

»Guten Tag Herr Reiter. Einen Moment dauert es noch. Der Doktor ist kurz weg, kommt aber gleich wieder.«

Diese Stimme. Brr. Wie Säbelrasseln.

»Ist gut. Ich setz mich schon mal auf die Liege. Raum drei wie immer nehme ich an.«

»Nein, stop! Herr Reiter, bitte nehmen Sie im Wartezimmer Platz.«

Wartezimmer? Ich hör wohl nicht richtig. Das meint sie jetzt nicht ernst.

»Liebe Frau Seitz. Schauen Sie bitte in Ihrem Kalender nach. Ich habe 16:15 Uhr einen Termin und jetzt ist es fünf nach.«

»Ja ich weiß Herr Reiter. Aber wir sind heute in Verzug. Sie müssen noch etwas warten.«
~~~

Ich lehne mich über den Tresen. Mein Gesicht kommt dem ihren sehr nahe.

»Ich glaube, Sie haben mich nicht richtig verstanden. Ich habe 16:15 Uhr einen Termin. Also bin ich jetzt dran.«

Frau Seitz verzieht keine Miene.

»Es sind noch andere Patienten da. Die hatten vor Ihnen einen Termin. Ich sagte doch, Sie müssen warten.«

»Ehrlich Frau Seitz. Ich mag Sie wirklich sehr gern. Aber das geht zu weit. Ich gehe jetzt in den Raum drei. Und wenn der Doktor kommt, schicken Sie ihn zu mir. So einfach ist das!«

Gesagt, getan und schon steuere ich den Behandlungsraum an, während Frau Seitz mir hinterher ruft:

»Herr Reiter. Bitte nehmen Sie im Wartezimmer Platz.« Von wegen, die soll sich nicht so aufspielen. Und während ich ihr noch eine Kusshand zuwerfe, stoße ich beinahe mit dem Doktor zusammen.

»… Ah … guten Tag Herr Doktor Liebknecht.«

»Guten Tag Herr Reiter.«

Oje, der Doktor scheint nicht guter Laune zu sein. Kaum habe ich ausgedacht, ergeht er sich auch schon in Schimpftiraden.

»So eine Frechheit. Da fahre ich lediglich für fünf Minuten weg, schon stellt sich jemand auf meinen Parkplatz. Wozu steht dann dort das Schild? »Arztparkplatz: Bitte freihalten.« Frau Seitz, fragen Sie bei den Patienten nach und sagen Sie ihnen, wer auch immer dort steht, soll augenblicklich wegfahren.«

Doktor Liebknecht mustert mich. »Sie sind das nicht zufällig Herr Reiter oder?«

»Ich? Mitnichten. Ich parke immer ordnungsgemäß.«

»Gut. Lassen wir das. Sind Sie der Nächste?«

»Ja. Nadeltermin … Äh, ich meine Akkupunkturbehandlung.«

»Folgen Sie mir. Frau Seitz ist alles bereit für Herrn Reiter?«

Mann zieht die ein Gesicht. Selbst der Chef persönlich entlockt ihr kein Lächeln. Und sowas arbeitet an der Rezeption. Also wenn mir die Praxis gehören würde, da wäre gleich Schluss. Überhaupt eine junge hübsche Arzthelferin würde sich viel besser machen.

»Nun Herr Reiter, wie fühlen Sie sich heute? Schlägt die Akkupunktur an?«

»Bestens Herr Doktor. Bestens.«

Die Tür öffnet sich. Was will die Seitz denn schon wieder?

»Herr Doktor, keiner der Patienten parkt auf Ihrem Platz. Soll ich den Abschlepper bestellen?«

»Tun Sie das mal.«

~~~

Wie laut muss ich eigentlich noch schreien, bis die Seitz mich hört?

»Hallo! Können Sie mich bitte erlösen? Ich bin schon fünf Minuten überfällig!« Ah, endlich kommt sie. Also demnächst beschwere ich mich über diese Frau. Das steht fest. Unfreundlich ist sie und langsam und überhaupt nicht kommunikativ. Kein Wort spricht sie mit mir, während sie die Nadeln entfernt.

»Und haben Sie den Übeltäter gefunden? Ist der Wagen abgeschleppt?«

»Der Abschlepper müsste jeden Augenblick kommen.«

Na wenigstens antwortet sie mir, wenn auch mürrisch.

»Ja, ja. Die Leute heutzutage. Keiner nimmt mehr Rücksicht. Ich hatte Glück. Ich habe direkt beim Eingang noch einen Parkplatz gefunden.«

»Herr Reiter! Das ist doch aber der Chefparkplatz!«

»Oh. Mist. Schnell ziehen Sie die Nadeln raus!«

Kaum geschehen springe ich von der Liege auf, schlüpfe fast gleichzeitig in Hemd und Hose. Wo sind meine Strümpfe? Was ist
~~~

links, was rechts? Egal. Rein in die Schuhe und Schnürsenkel binden. Früher konnte ich das noch im Stehen erledigen.

»Au! Verdammt!«

Schnell ziehe ich die Hose runter. Ich glaube es nicht. Sie hat eine Nadel vergessen. In meinem Hintern!

»Frau Seitz! Wollen Sie mich umbringen? Sehen Sie!«

Ich halte ihr die Nadel unter die Nase.

»Das tut mir wirklich sehr leid Herr Reiter. Ich hole Ihnen ein Pflaster.«

»Nicht nötig. Es blutet ja kaum. Und außerdem muss ich noch vor dem Abschlepper unten sein.«

Täusche ich mich oder habe ich da gerade ein Lächeln über ihre Lippen huschen sehen? Egal, was kümmert mich Frau Seitz. Ich habe andere Probleme. Ich eile die Treppen hinab, nehme gleich zwei Stufen auf einmal und renne aus dem Gebäude. Puh. Glück gehabt. Mein Auto steht noch und kein Abschlepper in Sicht. Nichts wie weg. Ich reiße die Autotür auf. Hinter mir quietschen Bremsen.

»Können Sie nicht aufpassen? Ich hätte fast Ihre Tür zerlegt!«

»Mann reg dich ab! Ist ja nichts passiert!«

Typisch Radfahrer. Immer dicke Backe machen. Der soll mir nur kommen. Ich kann auch anders. Ich lasse ihn weiter schimpfen, steige ins Auto und fahre mit Schwung aus der Parklücke. Der kriegt sich schon wieder ein.

~~~

Mmh. Die Pizza schmeckt. Ob ich Sybille was davon abgebe? Ach was, sie soll lieber dieses vegetarische Zeug essen. Für einen richtigen Mann muss Fleisch auf den Tisch und Wurst auf die Pizza. Jetzt noch ein Bier und der Abend ist gerettet.
~~~

»Martin bist du da? Martin?«, ruft Sybille aus dem Korridor. »Es ist leider etwas später geworden. Ich hab Evelyn getroffen, du weißt schon, die bei Henry arbeitet und ... Wie sieht's denn hier aus? Was hast du mit der Küche angestellt? Das sieht ja aus wie auf einem Schlachtfeld!«

»Was du immer hast. Ist doch alles in Ordnung.«

»Nichts ist in Ordnung. Die Küche war aufgeräumt und außerdem – warum hast du dir eine Pizza gebacken? Ich habe Essen vorbereitet. Hättest bloß mal an den Kühlschrank gehen müssen.«

»Ich hatte keine Lust auf dieses Gemüsezeug.«

»Ein bisschen Gemüse hat noch keinem geschadet. Was hast du bloß angestellt? Hier ist alles rot, der Boden, die Schränke, die Wände, einfach alles. Hast du dich geschnitten oder was? «

»Nein. Ich habe die Pizza nur ein wenig verfeinert. Da sind immer so wenige Tomaten drauf. Also ich kann dir sagen: Ein paar Scheiben Salami, eine Dose Tomaten, und du kannst die Pizza fast nicht von der beim Italiener unterscheiden.«

»Martin! Wie um alles in der Welt hast du die Dose geöffnet? Nein sag nichts. Ich will es gar nicht wissen. Wenn du glaubst, ich mache das sauber, dann hast du dich getäuscht. Den Dreck räumst du ganz schön alleine weg. Hast du gehört? Sonst … sonst ziehe ich aus!«

»Meinetwegen. Ich bin im Wohnzimmer, wenn du mich suchst. Der Krimi fängt gleich an.«

Mittwoch,
der Tag des Merkurs

Ende der Lehrzeit

Dreißig Jahre. Mein Gott, wie die Zeit vergeht und nichts hat sich verändert. Schau sie dir an. Was ist aus ihnen geworden? Bedauernswerte Frauen, jede gefangen im immer gleichen Denken, im gleichen Tun.

Erika ist noch pummeliger als früher und nach wie vor hat sie zu viel Schminke im Gesicht, zeigt zu viel Ausschnitt. Ja, noch immer streckt sie jedem Mann ihre prallen Brüste entgegen. Und erst Carola, spröde und dürr, immer bedacht auf Disziplin. Nie im Leben setzt sie sich breitbeinig hin. Die Beine sind immer geschlossen. Fuß neben Fuß. Akkurat. Allerhöchstens weicht eine Fußspitze um maximal einen Zentimeter ab. Kein Übereinanderschlagen der Beine, geschweige denn einmal unter dem Tisch mit dem Fuß aus dem blank geputzten Schuh schlüpfen. Undenkbar.

Wir sitzen im Restaurant des Hotels und löffeln schweigend Tomatencremesuppe aus unseren Tassen. Wenigstens das Essen schmeckt.

»Huch, ein Fleck!«, kreischt Erika und tupft mit der Serviette an ihren Ausschnitt, dabei blinkert sie galant dem Herrn am Nebentisch zu, der unverhohlen auf ihre Brust stiert. Ich fasse es nicht. Diese Nummer funktioniert immer noch.

»Hör auf Erika. Du schrubbst dir sonst noch die Brust weg«, knurre ich sie an.

»Aber der Fleck«, erwidert sie beleidigt und zieht einen Schmollmund, wirft ihren Lockenkopf, der seit dreißig Jahren von einem bunten Haarband gebändigt wird, kokett in den Nacken.

Carola wirft ihr einen vernichtenden Blick zu und in diesem Augenblick bin ich froh, dass wir wenigstens getrennte Zimmer haben. Wie mir das Getue der beiden auf die Nerven geht. Daran hat sich nichts verändert, selbst nach so langer Zeit nicht. In diesem Augenblick verdamme ich meine Zusage zu diesem Treffen.

Vor dreißig Jahren haben wir uns kennengelernt, an unserem ersten Arbeitstag zu Beginn der Kaufmannslehre. Vom ersten Tag an stand ich im Schatten der beiden, lief nebenher wie ein Hund an der Leine. Denn ich glänzte weder durch Leistung noch durch Sex-Appeal. Ich war im Zugzwang, versuchte ständig Erika und Carola nachzuahmen, um ebenfalls bei den Vorgesetzten angesehen zu sein, um endlich aus dem Schatten der beiden herauszuspringen. Aber jeder Versuch misslang. Wenn ich mir die Lippen knallrot schminkte wie Erika, lachten die Kollegen über mich. Und bei den Aufgaben, die man mir zuteilte, war ich immer zu langsam. Carola schaffte es in der halben Zeit.

Die Kellnerin serviert den Hauptgang. Ich habe das Rinderfilet mit grünem Spargel und Kartoffeln gewählt. Lecker, wie das Filet auf der Zunge zergeht. Ich schließe die Augen, genieße die Zartheit, die meinem Gaumen schmeichelt.

»Wie du immer noch Fleisch essen kannst«, rügt mich Carola. Ich schlucke heftig. Das Fleisch windet sich widerwillig in meiner Kehle. Ich gluckse und würge und schütte schnell ein Glas Wasser hinterher.

»Ich meine ja nur. Weil die Tiere doch so leiden müssen, bevor sie geschlachtet werden.«

Ihr vorwurfsvoller Blick trifft mich bis in die Magengrube, wo gerade mein Filet gelandet ist. Mir vergeht der Appetit. Ich lege geräuschvoll mein Besteck in den Teller und winke die Kellnerin heran, bestelle einen Kräuterbitter. Das handelt mir wiederum einen missbilligenden Blick seitens Carola ein. Die soll sich nicht so aufspielen. Was hat sie schon zu Stande gebracht, die saubere Frau Vorstandssekretärin? Übriggeblieben ist sie, weil kein Mann sie haben wollte. Ich weiß, ich bin gemein, aber nur deshalb, weil ich wütend auf mich selbst bin. Wütend, dass ich diesem Ausflug zugesagt habe. Eine Schnapsidee, sich nach dreißig Jahren zu treffen und obendrein übers Wochenende. Ein Kaffeekränzchen hätte gereicht.

»Jetzt erzähl. Was hast du so gemacht nach deinem Ausscheiden aus der Firma? Hättest dich ruhig mal melden können. Wir wissen gar nichts von dir«, piepst mich Erika an und reckt mir ihren Oberkörper entgegen. Ihre Brust wippt haarscharf über den Resten der Soße in ihrem Teller.

Ich schaue die beiden an, wie sie nebeneinandersitzen mit erwartungsvollem sensationslüsternem Blick. Ich räuspere mich mehrmals. Was soll ich erzählen? Soll ich etwa sagen, wie schmerzlich es war, darüber hinwegzukommen, dass Erika mir den Manfred aus der Buchhaltung ausgespannt hat? Und soll ich mir Carolas schadenfrohes Gelächter anhören, wenn ich zugebe, dass ich noch immer keinen Berufsabschluss habe? Dass ich jahrelang ein Nichts war, am Existenzminimum dahin darbend.

»Ich bin im Verkauf tätig«, sage ich vorsichtig.

»Wow. Du hast es also geschafft. Die kleine unscheinbare Inge hat sich aus ihrem Schneckenhaus heraus getraut. Klasse. Ich gratuliere dir. Was verkaufst du denn? Dessous?« Erika kichert und kullert dabei mit ihren Augen, die so rund wie ihre Hüften sind.

»Kräuter.«

Sekundenlanges Schweigen. Ungläubig gaffen mich die beiden an.

»Ja, ihr habt richtig gehört. Ich baue Kräuter an, trockne sie und verkaufe sie. Alles Bio.«

Erika macht den Mund auf und zu, und Carola streicht verlegen mit den Fingern über ihre Serviette, die neben dem Teller liegt.

»Darf es noch etwas zum Trinken sein für die Damen?«, unterbricht die Kellnerin die Stille, während sie den Kräuterbitter serviert. Weder Erika noch Carola reagieren darauf.

»Gerne. Bitte einen Espresso für mich«, wende ich mich freundlich an die Frau. »Und stellt euch vor, ich wohne in einem Blockhaus mit zwei Zimmern, eines unten und eines oben. Und wenn ich abends im Bett liege, kann ich den Sternenhimmel beobachten.«

»Du verkohlst uns.« Carola findet als Erstes wieder Worte.

»Nein, wirklich. Es ist wahr«, versichere ich und denke an mein Wochenendhaus.

»Das passt zu dir«, wirft Erika ein und lehnt sich zurück, zuckt zufrieden mit den Schultern um gleich darauf, einer plötzlichen Idee folgend, mit dem Oberkörper vorzupreschen »Aber das sieht man dir gar nicht an. Ich meine, du trägst gar nicht diese Ökotantenkleidung.« Ihr Blick gleitet jetzt neidisch von meiner Kette zu meiner Bluse zu meinem Brillantring. Mist, der passt wirklich nicht ins Bild.

»Muss ich das denn?«, frage ich lapidar.

»Nein, natürlich nicht. Ich dachte nur … Dein Outfit … Öko hätte besser zu dir gepasst. Mit Kräutern wirst du ja nicht gerade das große Geld verdienen. Wie gut, dass ich dann nur drei Sterne gebucht habe, obwohl ich sonst in besseren Hotels absteige. Am besten ich spendiere uns zur Feier des Tages eine Runde Massage. Was meint ihr?« Typisch Erika. Immer schön gönnerhaft.

Carola wehrt ab. Natürlich, das passt nicht zu ihrer Einstellung. Sie hat sich aus eigener Kraft hochgearbeitet durch Fleiß und Disziplin, wie sie stets betont. Sie hätte Lehrerin werden sollen, denn sie wusste immer alles besser und hat mich stets belehrt. Ich kam mir so klein und mickrig neben ihr vor. Natürlich bestand sie den Lehrabschluss mit Bravour. Ich bin vor lauter Aufregung durchgefallen. Nein, ich konnte nie mit den beiden konkurrieren und das hat mich bis heute geprägt.

»Den Nachtisch nehmen sie sich bitte vom Buffet«, sagt die Kellnerin, als sie mir den Espresso serviert.

»Ich muss mal für kleine Mädchen«, zwitschert Erika und schnappt ihre Handtasche.

»Ich komme mit.« Carola springt hektisch vom Stuhl auf und stakst wie eine Holzpuppe hinterher.

Ich atme durch und schlürfe meinen Espresso. Ich weiß, sie werden sich jetzt über mich den Mund zerreißen. So, wie sie es immer getan haben. Damals in unserer Lehrzeit. Trotz, dass die beiden grundverschieden sind, waren sie die besten Freundinnen und haben zusammengehalten, vor allem gegen mich. Die kleine unscheinbare Inge. Von allen nur belächelt. Wie ich sie dafür gehasst habe.

Jetzt stehen sie am Dessertbuffet, tuscheln noch immer. Wenn die wüssten. Ob sie mir das mit den Kräutern wirklich abnehmen? Egal, für mich war es jedenfalls die Wende. Damals als ich diese Therapie bekam, weil ich psychisch immer weiter abrutschte, entdeckte ich im Kurpark ein Kräuterbeet. Es faszinierte mich. Noch während der Reha fing ich an, alles über Kräuter zu lernen. Später baute ich selbst welche an und verkaufte sie anfangs auf dem Wochenmarkt. Dann kamen die Seifen und Cremes dazu und ein paar Jahre später die Fabrik. Ich staune jeden Tag aufs Neue darüber, wie sich alles entwickelt hat.

»Und was unternehmen wir morgen?«, frage ich belanglos, als die beiden sich mit ihren vollen Desserttellern zu mir setzen.

»Ich dachte, nach dem Frühstück gehen wir shoppen und danach in die Sauna. Hier sind nämlich ein paar schnuckelige Herren im Hotel«, kichert Erika.

»Ich habe ein Programm ausgearbeitet«, wirft Carola ein und fischt einen Zettel aus ihrer Handtasche. »Acht Uhr Frühstück, anschließend Besuch im Stadtmuseum. Mittagessen. Kurze Pause. Schwimmen. Kaffee und danach Zeit zur freien Verfügung bis zum Abendessen.«

»Spinnst du? Um acht schon Frühstück.« Erika ist entsetzt. »Da muss ich um sechs aufstehen, bis ich mir die Haare mache und mich schminke.«

»Ich bitte dich. Das hier ist schließlich kein Urlaub, sondern ein Jahrgangstreffen.«

Wir einigen uns schließlich auf Frühstück um neun Uhr und setzen uns in die Lobby zu einem Schlummertrunk. Ich nippe an meinem Weinglas und suche nach einer Strategie, wie ich mich zurückziehen kann. Erika beobachtet derweil die männlichen Anwesenden und zwinkert ihnen zu. Zwischendurch zupft sie ihr Dekolletee noch etwas tiefer.

»Wohnst du alleine in deiner … Blockhütte?«, will Carola wissen und spreizt affektiert die Finger.

Dumme Ziege. Als wäre sie was Besseres. Ich nicke.

»Wenn ich es recht bedenke, bist du wirklich nicht der Typ für großartige Leistungen. Warst du noch nie. Und wenn dich deine Blockhütte glücklich macht …« Sie verkneift sich das Grinsen, nimmt sich schnell eine Zeitschrift und blättert darin.

Wie man nur derart förmlich in einem Loungesessel sitzen kann. Kein einziges Mal legt sie das Blatt auf dem Schoß ab. Mit einem Mal wird ihr eh schon steifer Körper noch steifer. Ihre Augen weiten sich, während sie Erika die Illustrierte hinhält. Erikas Gesicht wird fahl. Die Augenlider zucken.

»Bist du das?«, schnaubt Erika. Sie reißt Carola die Illustrierte aus der Hand und hält mir eine Werbeseite unter die Nase.

›Inge Naturkosmetik‹ steht da und auf dem Foto sehe ich mein Spiegelbild lächeln.

Ich zucke entschuldigend die Achseln.

»Du bist echt gemein. Führst uns an der Nase herum. Das ist der Dank dafür, dass wir dich immer unterstützt haben.«

»Nein, Erika. Das ist gerechter Ausgleich. Eure Unterstützung beschränkte sich nur darauf, mich zu unterbuttern. Die kleine hässliche Inge, die nichts zustande bringt. Auf der man alles Unangenehme abladen kann, die für alles immer den Kopf hinhält. Dachtet ihr wirklich, das ist immer noch so?«

Erika springt auf, reckt ihre Nase und ihre Brust und verlässt ohne ein weiteres Wort die Lobby, gefolgt von Carola, deren Schritt jetzt noch hölzerner wirkt. Ich trinke meinen Wein und freue mich wie besessen über meinen Triumph. Nach dreißig Jahren.

~~~

Bereits seit einer Stunde sitze ich am Frühstückstisch. Erika und Carola sind nicht erschienen. Die Kellner räumen das Büffet ab. Ich frage an der Rezeption nach den beiden. Die Damen seien gestern Abend abgereist wegen dringender Termine, bekomme ich zur Auskunft.
~~~

Donnerstag,
der Tag des Jupiters

Essen gut, alles gut

Vom Korridor drangen Stimmen in die Küche. Ich drehte die Herdplatte zurück und wischte mir die Hände an der Schürze ab. Alex kam in die Küche, gefolgt von unserem Austauschschüler aus Italien.

»Bon giorno«, begrüßte ich ihn und schüttelte herzlich seine Hand. Er grinste. Breite, ebenmäßige Zähne blitzten mir aus seinem Mund entgegen.

»Wie heißt du?«

»Francesco.«

»Schön, dass du da bist, Francesco. Wir freuen uns sehr.«

Wieder grinste er. Mein Sohn Alex stand daneben mit gesenktem Blick und scharrte mit der Fußspitze über die Fliesen.

»Komm, zeig unserem Gast seinen Schlafplatz«, forderte ich ihn auf. »Ich kümmere mich in der Zwischenzeit um das Essen.«

Es hatte im Vorfeld einige Mühe gekostet, bis ich Alex überreden konnte, sein Zimmer für eine Woche zu räumen. Francesco sollte es bei uns an nichts fehlen. Schließlich sollte Alex im Mai auf Gegenbesuch fahren.

»Kinder, das Essen ist fertig«, rief ich wenig später aus der Küche. Niemand kam. Als ich die Tür zu Alex' Zimmer öffnete, stand Francesco mitten im Raum vor einem Koffer, der Stauraum für mindestens vier Wochen Aufenthalt bot. Er räumte die Wäsche von Alex aus dessen Kleiderschrank, türmte sie auf dem Fußboden und stapelte stattdessen seine Kleidungsstücke hinein. Mein Sohn baumelte lustlos in seinem Sessel. Jedoch aus den Augenwinkeln verfolgte er, wie unser Gast von seinem Zimmer Besitz ergriff.

»Du hast aber viel eingepackt«, sagte ich zu Francesco.

»Deutschland sehr kalt«, erwiderte er und schüttelte sich. Erst jetzt bemerkte ich, dass er den Wollschal um seinen dünnen Hals nicht abgelegt hatte.

»Du kannst nachher weitermachen, wir essen jetzt.« Das hatte er wohl nicht verstanden, denn er räumte weiterhin in aller Ruhe seinen Koffer aus.

»Wo ist Bad?«, fragte er schließlich, nachdem der letzte Pullover im Schrank verstaut war.

Ich zeigte es ihm. Francesco öffnete einen weiteren Koffer, der ebenfalls randvoll war. Binnen Minuten verwandelte sich mein ordentlich aufgeräumtes Bad in einen Parfümerieladen. Hier eine Flasche Shampoo, dort Rasierwasser, dazu diverse Cremes; sämtliche Ablagemöglichkeiten nahm er in Beschlag. Ich konnte es nicht fassen, weshalb ein Teenager solche Mengen an Kosmetik benötigte. Dann kramte er zwischen all den Utensilien auch noch Fertiggerichte und Pastagläser aus dem Koffer. Hatte er etwa Angst, er würde bei uns verhungern?

»Signora, für Sie, Geschenke von meiner Mama.« Er hielt mir die bunt verpackten Speisen unter die Nase und strahlte mich an.

»Oh, mille grazie.«

Aus Höflichkeit nahm ich die Konserven an, wusste aber nichts damit anzufangen. Erstens verstand ich kein Wort von dem, was aufgedruckt war und zweitens kochte ich ungern Dosengerichte.

Nach schier endloser Zeit saßen wir beim Abendessen. Alex und ich schauten Francesco zu, wie er auf seinen Teller Unmengen von

Nudeln, Fleisch und Salat schichtete. Der Teller quoll nahezu über und sah aus wie der Ätna, der gerade Lava spuckte. Ich stocherte in meinem Essen herum, während mein Blick nicht von diesem hageren Jungen wich. Er ließ sich weder aus der Ruhe bringen, noch in ein Gespräch verwickeln. Gabel für Gabel verschwand das Essen von seinem Teller.

»Signora, Essen molto bene«, stieß er hervor, als er den Teller geleert hatte.

»Möchtest du noch mehr davon?« Er nickte und kopfschüttelnd schaute ich zu, wie sich der Teller erneut bis zum Rand füllte.

~~~

Am nächsten Morgen weckte ich Francesco um halb sieben, damit er mit Alex zur Schule gehen konnte. Er stand auf und verschwand sogleich im Bad. Mein Sohn und ich hatten längst gefrühstückt, bis er sich endlich an den gedeckten Tisch setzte. Mir war unerklärlich, was er im Bad gemacht hatte. Nichts an ihm roch aufdringlich oder parfümiert. Selbst die schwarzen Haare hingen ihm nach wie vor wirr in die Stirn. Jetzt blieb kaum Zeit fürs Frühstück. Der Schulbus fuhr bald ab. Aber Francesco kannte keine Eile. Im Gegenteil. Er belegte sich ein Sandwich mit Wurst und Käse. Anschließend aß er ein Frühstücksei. Dann belegte er das nächste Sandwich.

»Du musst dich beeilen, der Bus fährt in zehn Minuten«, trieb ich ihn an.

»Si, Signora, uno momento«, antwortete er und bestrich ein Sandwich mit Butter und Marmelade. Und noch eins. Beunruhigt schaute ich zu Alex. Der zuckte mit den Schultern und wartete ab. Ich blickte auf meine Armbanduhr: kurz vor acht. Zu spät für den Bus und Francesco saß da und ließ es sich schmecken. Mir blieb nichts anderes übrig, als die Jungs mit dem Auto zur Schule zu fahren.
~~~

Auf dem Rückweg hielt ich sicherheitshalber am Supermarkt an. Ich hatte zwar schon Vorräte eingekauft, aber bei Francescos Hunger würde das auf keinen Fall reichen. Es war für mich unbegreiflich, wie viel er essen konnte. So ging das die gesamte Woche weiter. Ich pendelte zwischen Küche und Supermarkt hin und her. Sogar der Kassiererin fiel auf, dass ich täglich kam und mehr einkaufte, als sonst in einer Woche.

»Wir haben einen Austauschschüler zu Besuch. Der isst mir fast die Haare vom Kopf«, erklärte ich verlegen. Sie lachte und meinte: »Na dann, guten Appetit.«

~~~

Der Rückreisetag brach an. Wieder verbrachte Francesco ausgiebig Zeit im Bad. Ich war besorgt, ob er es diesmal rechtzeitig zum Bus schaffte. Schließlich fasste ich mir ein Herz und klopfte an die Tür.

»Francesco kann ich dir helfen?«

Er öffnete die Tür, schleifte seinen Koffer heraus und sagte: »No Signora, alles gut.«

Ich spähte ins Bad. Alle Flaschen und Tuben waren verschwunden. Ich folgte ihm in Alex Zimmer und sah ungeduldig zu, wie er seine Wäsche einpackte. Stück für Stück verschwand im Koffer, der genauso viel verschlang wie Francesco selbst. Endlich hatte er alles verstaut. Ein letztes Mal saßen wir beim Frühstück. Als Francesco sich das dritte Sandwich schmierte, fasste ich mir ein Herz und fragte ihn:

»Nun, wie hat es dir bei uns gefallen?«

»Oh Signora, fantastico!«, jubelte Francesco.

Das freute mich und ich murmelte: »Ich hoffe, Alex fühlt sich bei euch auch wohl.«
~~~

Für einen kurzen Moment blinzelte er mich mit seinen schwarzen Knopfaugen an. Dann köpfte er sein Frühstücksei und meinte lapidar: »Signora, wir keinen Platz für Alex. Kann nicht kommen. Scusi.«

Freitag,
der Tag der Venus

Fruchtlese

Karin schneidet den Rebstock an der Hauswand. Üppig ist er in diesem Sommer gewachsen, trotz, dass sie ihn bereits vor dem Austreiben stark gelichtet hatte. Lang sind die Ruten und einnehmend. Sie klammern sich ungestüm an alles, was sie zu fassen bekommen, schlingen sich bereits um die Dachrinne. Verzweifelt greift Karin nach den hängenden Trieben, die sich nach allen Seiten winden.

»Wie Egon. Überall ein bisschen mitmischen und nichts zustande bringen. Vielleicht sollte ich ihn auch mal stutzen. Man soll die Hoffnung nie aufgeben«, schimpft sie vor sich hin.

Sie holt die Leiter und lehnt sie gegen die Hauswand. Vorsichtig steigt sie die Sprossen hoch und bald darauf fällt eine Rebe nach der anderen herunter.

»Eigentlich ist es schade, sie abzutrennen, jetzt wo sie im Saft stehen. Und Früchte haben sie auch schon angesetzt. Wenn der September wieder so warm und trocken wird, sind die Trauben bestimmt zuckersüß.«

Karin betrachtet den Weinstock und hegt kurzzeitig Bedenken. Aber nur so lange, bis sich ein Bild von Egons Gesicht dazwischenschiebt. Ab da setzt sie erbittert die Schere an und schneidet alles ab, was ihr im Weg hängt.

»Jede Rebe, die keine Frucht bringt, schneidet der Herr ab«, schallt es plötzlich über den Zaun. Karin fällt fast von der Leiter.

»Herr Pastor, Sie haben mich aber erschreckt.«

»Das tut mir leid. Ich wundere mich nur, warum Sie diesen ansehnlich gewachsenen Weinstock derart beschneiden. Bringt er denn keine Früchte?«

»Im Gegenteil, Herr Pastor. Dunkelblaue zuckersüße Trauben bringt er jedes Jahr hervor. Wenn er nur nicht so wuchern würde. Bald ist das ganze Haus von seinen Trieben übersät.«

»Das ist doch wunderbar.«

»Das finde ich nicht.« Karin steigt widerwillig von der Leiter und geht zum Zaun.

»Aber Frau Seibel, sie kennen doch das Gleichnis vom Fruchtbringen. Der Herr hat Sie reich gesegnet, wenn er die Reben in ihrem Garten so üppig gedeihen lässt. Sie werden sehen, aus den Früchten wird Ihnen ein köstlicher Wein als Belohnung winken.«

Karin sieht den Pastor verwundert an.

»Tatsächlich hatte ich bereits darüber nachgedacht, dieses Jahr einen Wein anzusetzen, konnte mich allerdings nicht dazu durchringen. Das macht so viel Arbeit und Pflege, bis er reift. Und der ganze Aufwand nur wegen ein paar Flaschen.«

Indessen schlurft Egon aus dem Haus in kurzen Hosen, das Unterhemd nur notdürftig in die Hosen gesteckt. Karin schämt sich für ihn. Seit Egon im Ruhestand ist, wird er zunehmend träge. Eigentlich hat sich Karin erhofft, endlich etwas Hilfe im Haus und Garten zu bekommen. Die Arbeit geht ihr nicht mehr so leicht von der Hand wie früher, und sie ist müde geworden, ständig für alles Sorge zu tragen.

»Morgen, Herr Pastor.« Mürrisch gesellt sich Egon zu den beiden.

»Einen wunderschönen guten Morgen, Herr Seibel. Und wie schmeckt das Rentnerleben?«

»Arbeit wär mir lieber«, brummelt Egon.

Der Pastor zwinkert ihm mit den Augen zu.

»Dann frisch ans Werk, Herr Seibel. Sammeln Sie die Reben auf, die Ihre Frau wegwirft.«

»Lieber nicht. Meiner Frau kann man es nie gut genug machen.«

»Egon!«, ruft Karin entrüstet.

»Ist doch wahr.«

»Das stimmt nicht. Du hast dich die ganzen Jahre um nichts gekümmert. Und jetzt mischst du dich überall ein, weißt alles besser und hast doch keine Ahnung«, faucht Karin.

»Sehen Sie, Herr Pastor. Deshalb fasse ich nichts mehr an.«

Karin und Egon stehen sich gegenüber wie zwei alternde Platzhirsche.

»Die Rebe kann aus sich heraus keine Frucht bringen, nur wenn sie am Weinstock bleibt. So steht es in der Bibel, und diesen Rat gebe ich euch mit auf den Weg.« Der Pastor lupft seinen Hut zum Gruß und geht weiter. Karin und Egon schauen ihm verblüfft nach.

Egon fasst sich als Erster wieder, zieht den Hosenbund zurecht und nimmt Karin die Rebenschere aus der Hand.

»Komm, ich helf dir. Du steigst doch so ungern auf die Leiter. Du leitest mich von unten an und ich schneide.«

Karin widerspricht nicht. Wie ein eingespieltes Team geht die Arbeit den beiden von der Hand und rasch ist der Weinstock in Form gebracht.

»Jetzt haben wir uns eine Erfrischung verdient. Ich hol Bier.«

Karin öffnet die Lippen, will protestieren, aber etwas hält sie zurück. Kurze Zeit später sitzen die beiden auf der Terrasse. Karin trinkt das erste Mal in ihrem Leben Bier aus der Flasche. Schon nach dem ersten Schluck quillt die Flasche über. Aber Egon leitet sie an und zeigt ihr den Trick. Sie nippen an ihren Bierflaschen und schweigen. Dennoch spürt Karin deutlich: Das Schweigen ist anders als sonst. Etwas liegt plötzlich zwischen ihnen, eine seltsame Energie, eine Empfindung, heimelig, vertraut und kribbelig zugleich. Unwillkürlich streichelt Karin mit den Fingern über Egons Hand. Er sieht sie fragend an.

»Ich denke, wir sollten im Herbst doch Wein ansetzen. Aber ehrlich gesagt scheue ich mich davor. Der Aufwand und am Ende ist die Arbeit vielleicht umsonst.«

»Ach Karin. Lass mich das doch machen.« Egons Augen leuchten. Er nimmt ihre Hand und sieht sie bittend an.

»Wenn du möchtest. Vermutlich hast du dafür mehr Geduld, als ich.«

~~~

Ein paar Monate später an einem Winterabend sitzen Karin und Egon zusammen mit dem Pastor vor dem Kamin im Wohnzimmer.

»Zum Wohl«, sagt Egon und hebt das Weinglas. »Auf den Erfolg unserer Früchte.«

Der Pastor lächelt die beiden an und prostet ihnen zu.

»Wie ich sehe, haben die Reben gute und vor allem reichlich Früchte hervorgebracht.«

»Ja, dank Ihrer Hilfe. Sie haben uns wieder die Augen füreinander geöffnet. Es ist uns daher ein besonderes Anliegen, wenn wir mit Ihnen diesen edlen Tropfen teilen. Nicht wahr Egon?«

Egon nickt und drückt ganz sanft einen Kuss auf Karins Wange.
~~~

Samstag,
der Tag des Saturns

Der Gesang der Harfe

Es war einmal eine Harfe, die stand seit vielen Jahrhunderten hoch oben auf einem Felsen. Niemand kannte ihren Ursprung, niemand kannte ihre Bedeutung. Trotzdem begleitete sie die Menschen, die am Fuße des Felsens lebten, durch Tag und Nacht. Denn die Dorfbewohner liebten den Klang der Harfe, wenn der Wind in ihren Saiten spielte und diese zum Singen brachte. Vielmals tobte ein Sturm über dem Felsen, preschte hinab ins Tal und heulte bisweilen furchterregend, sodass die Dorfbewohner sich in ihren Häusern versteckten und Türen und Fenster verriegelten. Mit der Harfe aber spielte das Windmonster ganz sanft. Es streichelte vorsichtig über die Saiten und entlockte dem Instrument einen Wohlklang, als ob Engel ein Lied anstimmten.

So verging Jahr um Jahr und eines Tages kam ein Bettler in das Dorf. Die Menschen empfanden Mitleid mit ihm und nahmen ihn gastfreundlich auf. In jedem der siebzig Häuser aß und trank er und ließ es sich gut gehen. Als er im letzten Haus des Dorfes angelangt war, passte er kaum noch durch die Tür, denn sein Leibesumfang war üppig gewachsen.

Deshalb blieb er im letzten Haus, legte sich ins Bett und ließ sich fortan tagaus und tagein von den Bewohnern bedienen. Das war der Tag, an dem die Melodie der Harfe verstummte. Kein Ton schwang mehr durch ihre Saiten, so sehr der raue Wind auch auf dem Felsen blies und sein Spiel mit der Harfe trieb.

Die Menschen im Dorf vermissten den Klang der Harfe, aber sie wussten sich keinen Rat, wie sie die Saiten wieder zum Schwingen bringen konnten. Schließlich befragten sie den Bettler, denn er war auf seiner Pilgerschaft weit in der Welt herumgekommen.

»Schlachtet eure Lämmer und verteilt das Fleisch an die Armen.«

Sie taten wie aufgetragen, schlachteten alle Lämmer und brachten das Fleisch dem Bettler, denn er war der Einzige in ihrem Dorf, der arm und ohne Besitz war.

Der Bettler labte sich einen Tag und eine Nacht an dem üppigen Festmahl. Alle Dorfbewohner versammelten sich um ihn. Keiner wagte ein Wort zu sprechen, denn alle warteten gespannt auf das Einsetzen des Harfenspiels. Stattdessen tobte ein Orkan auf dem Felsen und über das Dorf hinweg, der die Harfe zwar erzittern ließ, aber kein Lied hervorzauberte. Wiederum befragten sie den Bettler.

»Pflanzt Bäume, damit der Wind in den Blättern rauscht und die Vögel in den Zweigen zwitschern. Das regt die Harfe zum Singen an. Die Früchte der Bäume aber behaltet nicht für euch, sondern gebt den Armen.«

Die Bäume wuchsen in kürzester Zeit zu einem Bollwerk heran, höher als der Felsen und schützten fortan das Dorf vor den Stürmen, die herab fegten. In ihren Blättern raunte und rüttelte das Windmonster, dennoch drang es durch das dichte Blattwerk nicht hindurch. Die Menschen freuten sich sehr. Endlich mussten ihre Häuser nicht mehr dem Sturm trotzen. Sie dankten es dem weisen Bettler mit den Früchten der Bäume und erfüllten ihm von da an jeden Wunsch.

Die Harfe jedoch blieb stumm, und weil die Bäume die Sicht auf sie versperrten, vergaßen die Dorfbewohner im Laufe der Jahre die Harfe auf dem Felsen. Stattdessen begnügten sie sich mit dem

Gezwitscher der Vögel, welches sie durch den Tag begleitete. Der Bettler blieb im Dorf wohnen, ließ sich ein Schloss bauen und die Dorfbewohner wurden seine Diener. Immer mehr forderte er von ihnen, immer dreistere Wünsche hatte er. Die Menschen hetzten nur noch durch den Tag, um ihm gerecht zu werden.

Viele Jahre später kam ein Fremder ins Dorf und erkundigte sich nach der singenden Harfe. Die Menschen brachten ihn zum Bettler und er fragte den Fremden: »Warum suchst du die Harfe?«

»Ich hörte davon, dass ihre Melodie einzigartig sei und die Menschen verwandle. Ihr Lied dringt tief in die Herzen der Menschen ein und enthüllt ihr wahres Wesen.«

»Du musst dich geirrt haben. Bei uns gibt es keine Harfe. Aber solltest du sie eines Tages finden, so lass es mich wissen.«

Der Fremde versprach es und reiste weiter. Sogleich schickte der Bettler die Männer des Dorfes hinauf auf den Felsen, damit sie die Harfe holten. In einem Käfig aus Glas ließ er diese inmitten des Schlosshofes aufstellen. Niemand sollte je an ihren Saiten zupfen. Nie wieder sollte sie erklingen. Die Dorfbewohner faszinierte die Anmut der Harfe. Sie bewunderten ihre Gestalt, die bei Sonnenlicht mit einem goldenen Schimmer überzogen schien. Immer länger standen sie vor dem Glaskäfig, anstatt ihrer Arbeit im Schloss nachzugehen. Der Bettler wurde wütend und drohte ihnen.

»Jeder, der die Harfe auch nur ansieht oder vor ihr stehen bleibt, ist verflucht. Ihr habt gehört, was der Fremde sprach: Die Harfe verwandelt euch und pflanzt das Böse in eure Herzen. Als Mahnmal steht sie hier, damit ihr nie vergesst, dass ich es war, der euch vor ihren Fängen bewahrt hat.«

Die Menschen schlichen ängstlich durch den Schlosshof und trauten sich nicht mehr, auch nur einen Blick auf die Harfe zu werfen. Nach ein paar Wochen reiste der Fremde abermals durch ihr Dorf und machte bei dem Bettler Station. Erstaunt blieb er vor dem Glaskäfig stehen.

»Mein Herr, warum habt Ihr mich nach der Harfe suchen lassen, wenn sie doch in Euren Gemäuern steht?«

»Du suchtest eine Harfe, die singt. Diese hier hat noch nie einen Ton verlauten lassen.«

»Befreit sie aus ihrem Käfig und lasst den Wind durch ihre Saiten schwingen, dann werdet Ihr die Melodie vernehmen.«

»Niemals. Die Harfe ist in meinem Besitz. Sie bleibt hinter den Mauern aus Glas und nun zieh deiner Wege und lass uns in Frieden.«

Der Fremde war darüber bekümmert. Wie gerne hätte er die Harfe befreit, damit die Dorfbewohner sich an ihr erfreuten. Er stieg zum Felsen hoch, setzte sich in die Baumwipfel und beobachtete von dort aus das Treiben im Dorf. Von früh bis spät hetzten die Menschen, einzig und allein damit beschäftigt, dem Bettler zu dienen. Jegliche Freude war aus ihren Gesichtern gewichen, doch sie merkten es nicht. Auf einmal rüttelte der Wind mit aller Macht an den Zweigen und Blättern und versuchte, einen Weg hindurchzufinden. Der Fremde kam ins Trudeln und konnte sich nur mit Mühe auf dem Ast halten.

»Warum bist du so wütend?«, fragte der Fremde das Windmonster.

»Die Menschen achten mich nicht. Ich bringe ihnen die Regenwolken heran, und ich vertreibe sie wieder. Aber sie lauschen meinen Windspielen nicht mehr, denn sie sind taub geworden. Sie folgen nur noch den Worten des Bettlers.«

»Aber du kannst die Menschen wachrütteln. Du kannst mit deiner Kraft um ihre Häuser fegen und am Käfig der Harfe rütteln.«

»Was nützt das schon? Ihr lieblicher Klang ist eingeschlossen, genauso wie die Herzen der Menschen. Erst, wenn sie wieder auf ihr Herz hören und nicht auf die Befehle des Bettlers, kann mein Windspiel die Harfe erklingen lassen.«

Der Fremde überlegte die ganze Nacht, wie er es anstellen könnte, dass die Windböen durch die Saiten der Harfe wehten. Dann sagte er: »Bring Gewitterwolken heran. Es soll hageln, damit der Glaskäfig im Schloss zerspringt.«

Das Windmonster setzte seine ganze Kraft ein und pustete und fauchte die dunkelsten Wolken heran. Heftige Blitze zuckten vom Himmel, ein Unwetter tobte über dem Dorf, so dass die Menschen ängstlich im Schloss zusammenrückten. Hagelkörner so groß wie Bälle prallten auf den Glaskäfig nieder, bis er in tausend Teile zerbrach. Der Hagel prallte auch auf die Bäume und zerstörte im Nu das Blattwerk. Endlich konnte der Wind sich wieder frei entfalten und durch das Geäst pfeifen. Äste knackten und stürzten herab. Voller Freude tobte sich das Windmonster an den kahlen Bäumen aus, bis ihre Wurzeln sie nicht mehr trugen und sie umstürzten.

Das war der Augenblick, an dem der Wind vom Felsen herab in den Schlosshof hinein sauste. Er umschlang die Harfe, liebkoste sie und streichelte sanft ihre goldenen Saiten. Eine Hymne ertönte, wie sie die Menschen noch nie zuvor vernommen hatten. Sie lauschten der Melodie, die ihre Herzen berührte und erwärmte. Unwillkürlich fassten sie sich an den Händen und bildeten einen Kreis um die Harfe, die spielte und sang, schöner, als es ein Vogel vermochte.

Der Bettler aber, der herbeigeeilt war und das Harfenspiel beenden wollte, rutschte auf den Hagelkörnern aus. Er stürzte zu Boden und erstarrte sogleich zu einem Klotz aus Eis. Die Dorfbewohner stellten ihn auf den Felsen, damit jeder, der hinaufblickte, daran erinnert würde, stets dem eigenen Herzen zu folgen.

Nachwort

Ich bedanke mich bei Ihnen liebe Leserin, lieber Leser, dass Sie diese etwas andere Wochenreise begleitet haben, und freue mich, wenn Sie das Buch empfehlen.
Möchten Sie Näheres über die Planeten erfahren? Auf der folgenden Seite habe ich eine kurze Zusammenfassung typischer Planetenprinzipien erstellt.

Herzlichst Ihre
Susanne E. Stengel

Sonne

Licht, Vitalität, Ego, Herzensangelegenheiten

Mond

Gefühlswelt, Erwartungshaltung, Fremdbezogenheit, Träume

Mars

Durchsetzung, Tatkraft, Entscheidungskraft, Aggression

Merkur

Kommunikation, Geschäftssinn, Denken, Beurteilung

Jupiter

Jovialität, Begeisterung, Vertrauen, Wertvorstellungen

Venus

Harmonie, Partnerschaft, Liebe, Genuss

Saturn

Einschränkung, Geduld, Hemmung

Über die Autorin

Susanne E. Stengel lebt auf einem ehemaligen Bauernhof in Baden-Württemberg. Ein großer Garten mit vielen lauschigen Plätzen bietet Raum, um die Gedanken schweifen zu lassen und Ideen und Inspirationen zu wecken. Sie schreibt Romane, Kinderbücher und Kurzgeschichten.

Und draußen Frühling, ihr Debütroman erschien erstmalig im März 2014 als Taschenbuch und E-Book bei Amazon.

Lesen Sie mehr von Susanne E. Stengel.

Und draußen Frühling

Amanda ist eine junge, erfolgreiche Geschäftsfrau. Bis eine Allergie ihr Leben dramatisch verändert. Ihr Stiefbruder Ralf übernimmt die Firmengeschäfte. Doch die Lage spitzt sich zu.

Im Familienunternehmen kriselt es und viel länger hält Amandas Körper der Situation nicht stand.

Nur wenn sie ihrer inneren Stimme vertraut, kann sie den Kampf gegen die Krankheit und das Ringen um die Firma gewinnen.

Eine Geschichte, die ein Band über die Grenzen der Zeit webt. Denn ein paar Jahrhunderte zuvor muss Augustin einen Weg finden, der Dominanz und dem Spott seines Bruders Heinrich zu entkommen.

Hardcover
ISBN-Nr. 978-3-9817547-0-4
256 Seiten, 16,95 €
E-Book 2,99 €

RAGIN

Die Geschichte einer Wiederkehr

Mensch bedenke: Ein jedes Unrecht fordert einen Ausgleich, denn nichts auf dieser Welt wird vergessen.

Ragin will nur eines: Hagaruns ungeborenes Kind retten. Dabei erkennt er die wahren Absichten seines Mitbruders Irminar zu spät.
Ragin gerät in einen Sog aus Verrat und Unrecht. Die Gemeinschaft der Brüder schließt ihn aus. Niemals mehr darf er zum Heiligen Hain zurückkehren.
Ein Verbannter, heimatlos und verlassen, der nur ein Ziel kennt: den Kampf um seine Ehre.
Einzig einem Menschen kann Ragin noch vertrauen: der Wahrsagerin Leila.
Eine Geschichte, die im Jahr 550 ihren Anfang nimmt.

Gespannt lauschen wir den Worten des Erzählers, der lebhaft und mitreißend aus jener Zeit berichtet, da die Menschen den Göttern und Geistern huldigten und die Angst vor dem Dornenkeil allgegenwärtig war.

Hardcover erhältlich ab Januar 2016
ISBN-Nr. 978-3-9817547-4-2
ca. 260 Seiten 16,95 €
E-Book 4,99 €

Das Geheimnis in der Kapelle

Der erste Fall für die Detektivzwillinge Tini und Tim

Endlich Sommerferien.

Die Zwillinge Tini und Tim schmieden Pläne. Doch daraus wird nichts.
Denn die Stadtkinder müssen die Ferien auf dem Bauernhof bei Verwandten verbringen.
Hier ist es stinklangweilig und nicht mal das Handy hat Netzempfang.

Doch dann entdecken sie eine sprechende Madonnenfigur in der Waldkapelle.

Ein gespenstischer Spuk?
… oder steckt etwas anderes dahinter?

Ein Fall für T & T 002.

Taschenbuch
216 Seiten, 8,-- €

E-Book 3,99 €

... und das Wort heißt Weihnachten

Die Geschichte eines Weihnachtsmuffels

Nur noch wenige Tage bis Weihnachten.

Ein Grund zur Freude?
Nicht für Max.
Denn er hasst Weihnachtsfeiern jeglicher Art.

Dabei steht die Feier in der Firma unmittelbar bevor.

Und Max muss daran teilnehmen …

Hardcover
ISBN-Nr. 978-3-9817547-2-8
52 Seiten 7,95 €

E-Book 1,49 €